天佑台灣
天使的羽翼

許世賢 著 · 簡榮泰 攝影

新世紀美學 出版

找回國家的靈魂

許世賢

在這個海洋國家，每個人心中的台灣意象或許全然不同。甚至國家認同不同，歷史詮釋不同，有人心繫國土外另一個祖國，有人自始認同這個國家，這個祖先開疆拓土，艱險犯難，建立新天地的所在。唯一相同的是，我們全都立足台灣，相待以愛兼容並包地共存共榮，不論先來或後到。

這個國家有百步蛇傳奇、大肚王國、流傳的平埔族文明與文化底蘊，有各種文化留下的足跡。然而美麗淡水河口夕陽依舊艷麗，白鷺鷥飛舞紅樹林，這是我們共同的美好與永恆不滅的恩典。這任何人無法以武力征服的壯麗景緻，伴隨我們先民走過浪漫黃昏，守護默默承受苦難的子民，為他們毫無分別地披上觀音頸項燦然瓔珞─溫煦的月光。

在這個充滿英雄傳奇的國度，阿里山破曉晨曦，玉山佇立太平洋，八卦山英雄史詩，迴盪這方國土，深植人心。但幾十年白色恐怖獨裁統治的心靈箝制，逐漸消除人們對土地歷史痕跡的想像。從街道巷弄到通衢大道，我們祖先熟悉的名稱符號被移植成對獨裁者效忠的圖騰，崇高價值被功利主義取代，國土規劃、建築美學與心靈生活被短視近利的思維所破壞。當國民失去對精神生活的願景，一切以經濟掛帥，不再品味清風朗月。

失去探究生命本質的熱忱，脫離與萬物共生，與大地共存的古老智慧。終至遺忘這方國土可歌可泣的英雄史詩，成為無根的靈魂，不但失去台灣的主體性，更將失去國家的靈魂。價值觀影響思維決策，當決策者失去對生命的尊重，任何高舉的口號都是謊言。沒有友善與慈悲，任何宗教都將失去提升心靈層次的力量，護持生命的初衷。

所幸這個國家充滿慈悲的力量，每當災難降臨，全國不分地域心連一體。緊急出動的救難隊員、消防警察與國軍官兵，日以繼夜在現場伸出救援的手，揮汗如雨不放棄搶救任何生命。他們都是台灣英雄，總在同胞危難時，在第一線默默與死神角力。我們應以詩篇代代傳頌，那英雄光榮的背影。

詩歌的力量無遠弗屆，在電影春風化雨中，羅賓威廉斯為學生朗讀美國詩人惠特曼的詩，鏗鏘語調激勵人心。南非黑人總統曼德拉告訴白人國家足球隊長，陪他度過三十年牢獄生活，直到走出監獄的是一首詩。那首名為〈天佑南非〉的詩，在他心中不斷朗誦，默默陪伴他度過黑暗，點燃希望。他在當選總統的就職典禮朗讀一首詩，眼眶含淚，以驕傲感恩的語調在全世界面前朗讀，那發自內心慈悲溫柔的力量，撼動人心。

達賴喇嘛到台灣災區祈福，把三個小孩擁入懷中，那真是令人動容的一幕。教宗方濟各搭乘飛雅特小車，停車看望腦性麻痺的小孩，嚴厲譴責掌握權柄卻漠視生命的世界領袖。慈悲的力量不分宗教國度，友善溫煦的天使總在不遠處守候，也駐足每個人心中。德國梅克爾總理對生命的態度，顯現在她對難民的友善政策，那是澄澈心靈所展現的高度，也是慈悲的充分體現，相較於冷漠封閉的靈魂，汲汲於爭奪能源，無視受苦生命的人類領袖，不可同日而語。

揚起向上提升的力量，匯聚慈悲念力，這是個美麗新世界。關閉心扉，漠視生命，巧取豪奪，掌握世俗權柄的人，對世界貽害無窮。四百年來以至於更早，先民胼手胝足開疆闢土，每逢外患總有奮不顧身，挺身而出，走向前線的英雄，他們為這塊土地獻身的光榮事蹟，不容抹滅。他們以生命書寫台灣史詩，成為後世典範，萬代傳頌。

今天我們經由全民意志完成民主國家光榮願景，回憶一百二十年前台灣民主國成立，台灣軍與日本近衛師團在這方國土山河布陣，堅守陣地壯烈成仁光榮身影，深深烙印我們靈魂深處。自由民主的火苗始終代代遞延，不論是在揚起指揮刀的台灣民

主國軍指揮官，在身著軍服前往南洋作戰的年輕少尉，在成功嶺上服役的步兵軍官，一代代看同樣的太陽升起淡水河畔，一代代傳承心靈深處對自由的渴盼。他們始終懷抱夢想，挺身戰鬥，不論為自由而戰，為尊嚴而戰，為萬代子孫而戰。二二八犧牲生命，眾多被譽為人格者的台灣菁英，都是實踐台灣民主自由不可遺忘的先烈。唯有這塊土地的正義得以伸張，歷史真相重見天日，真正自由民主國家的願景才得以實現。

每個國家都有自己的英雄史詩、神話與圖騰，人們心靈棲息認知的圖騰，生命有了歸屬，有了更寬闊的視野與關注。無法與土地連結的史觀，如集體失落的浮萍。失憶的靈魂，找不到自己的歸屬。國民價值觀影響國家靈魂進化的層次，如果一直困惑於自我身分的迷失，沒有無盡的愛與慈悲，沒有還原歷史真相的轉型正義，我們如何找回國家的靈魂。

繼去年出版書寫台灣民主國軍與日本近衛師團奮勇作戰的《這方國土 · 台灣史詩》後，與景仰的攝影家簡榮泰老師合作出版《天佑台灣 · 天使的羽翼》系列三部曲，旨在以溫暖影像與詩篇呈現台灣意象。讓無處不在的壯麗山河，深埋人心的夢想與希望，有如天使的羽翼照拂這方國土，常駐溫暖心房。

刻劃當代國民心靈意識

簡榮泰

如何記錄台灣之美,透過影像與詩歌等藝術創作,讓我們下一代對這方國土,我們祖先傳承的土地有更深的感動。如何透過影像表面呈現的美感真實記錄當代生活之美,透過詩歌吟詠這塊土地旺盛的生命故事,刻劃當代國民心靈意識,更是當代攝影家與詩人的天職。時值國家轉型邁入新世紀的關鍵時刻,出版《天佑台灣 · 天使的羽翼》攝影詩集,更具不同意義。

近年台灣災難頻仍,無數生命殞落。但全體國民無不感同身受,適時援救,不為災變擊敗,團結一致,齊心救難,這是一個慈悲的國度。本書由詩人設計家許世賢以台灣詩歌與我的攝影作品共同創作成書,捕捉深層意識台灣之美,透過影像述說故事,更結合詩篇生動詮釋台灣英雄,淵源於台灣歷史強韌意志的心靈悸動,讓過去、現代與未來產生深刻共同意識,這是身為藝術創作者一件碩大工程與願望。

本書收錄攝影作品不以傳統意象鋪陳,而以海洋、城市與人物為主軸,彰顯我們生活周遭與生命心靈活動。這是具有歷史感,同時具備現代感與未來感台灣意象的呈現,特別選用黑白與彩色影像穿插形式,配合激勵人心的詩篇,撫慰人心。更以台灣城市特寫,呈現台灣都市文明現代化進步影像。

攝影進入數位時代，許多過去傳統暗房作業已由電腦作業取代。身為現代攝影藝術家應與時俱進，熟諳電腦後製處理專業技術，使影像創作臻於完美，對於主題光影的捕捉與詮釋更加精進，這才是完整的攝影創作。如同身為詩人設計家的許世賢認為，詩集設計製作是完成詩之藝術的重要環節，內外如一完美編輯設計，彰顯詩意，讓讀者擁有賞心悅目的視覺感受，讓詩之美麗符號進入靈魂深處，成為激勵人心的心靈符號。

我認為藝術家藉由藝術創作呈現人性美好的面向，自然回歸真誠樸質，心靈愈趨澄澈，這是不斷迴旋進化的流程。攝影藝術家應以身作則，以追求完美的態度創作一流作品，這更是為人師者責無旁貸的天職。攝影教學應以精神的進化為核心，讓攝影創作成為內在修煉的藝術，透過心靈之眼開啟另一個視界，看見更深邃的世界，這是無可比擬的創作思維。

以大時代之眼看穿世人未見領域，捕捉這個世界流轉微妙訊息，更是攝影視覺藝術創作者一日不可或忘的使命。希望藉由《天佑台灣 · 天使的羽翼》簡榮泰許世賢攝影詩文集三部曲系列出版，完整呈現台灣豐富意象與多元面貌，為下一代留下珍貴記憶，深植心靈深處以無盡的愛。天佑台灣！

天佑台灣
天使的羽翼　目次

天佑台灣
天使的羽翼 ▌圖版

天佑台灣
天使的羽翼　圖版

金色的光

掀開魔法師的寶典
以斑斕色彩賦詩
群星在蒼穹竊竊私語
有關創世神話
逃脫輪迴的精靈

翻開攝影師的畫冊
以光影捕捉光影
映照真實與虛幻交界
有關生命交織
不可言說的秘密

漫遊詩人典藏詩集
白雪紛飛蝴蝶頁
正義的思辯聲如洪鐘
有關滄海桑田
不可遺忘的故事

福爾摩沙傳奇國度
莊嚴國土無盡藏
淡水河畔觀音山守護
白鷺鷥的行腳
紅樹林眺望春天　　　2016.3.4

P.20 - 21
退潮／台中市大安區
2011

天佑台灣

金色晨曦喚醒光明國土
舒展航向自由的風帆
乘浪濤顛波前進
開闊如詩的太平洋

潺潺溪流滋潤綠蔭大地
連綿青翠群山
眾神齊聚守護雲端
交匯海洋的殿堂

天使羽翼揚起正義之光
春天甦醒百花齊放
民主的花蕊迎風飄蕩
遍撒慈悲的芬芳

2016.3.3

淡水河口 / 新北市淡水區 / 2012

腳踏先烈先賢護國壯志
毅然戰鬥寸土必爭
不容敵艦跨越黑水溝
守護這方國土

2015.9.7

守護這方國土

強風吹響玉山的黎明
金色的光點燃群山
白衣長袍飄浮遼闊雲海
澄澈眼眸照亮幽冥

守護諸神殿堂的武士
仗劍執戈盤旋雲端
吟唱撼動大地英雄史詩
弦樂交響壯麗山河

寧如巨石隕落波瀾壯闊
獨行笑傲江湖之濱
傲然迎向阿里山黃昏
高聲朗誦勇士傳奇

無視漫天砲火紛飛箭矢
揮舞長劍奔馳戰陣
光榮背影烙印這方國土
英雄史詩迴盪山林

光明國土

讓溫煦如詩的光普照
輝映生命永不止息
循環如織的英雄傳奇
譜寫光明史詩

乘光的羽翼飛行雲端
巡航這方國土
從晨曦微露到日落
從黑夜到黎明

飄洋過海開創新世界
如歌行板心中迴盪
撫平浩氣山河勇敢子民
戰爭災難的悲愴

蕃薯落土蔓延不絕
沈潛豐饒大地
孕育夢想希望光明國土
聳立如山的意志

2016.2.15

寧靜的海

春天的花朵漸漸醒來
漫山遍野繽紛綻放
台灣翠青悠揚樂音響起
錦繡彩蝶隨風飛舞
攜帶希望夢想的花蕊
灑落芬芳國土

黑暗的勢力土崩瓦解
在陰暗角落盤算
遮掩那見不得光的銅鐵
懵然未覺陽光普照
倨傲無知冰冷的靈魂
失去寧靜的海

海面泛起跳舞的潮汐
自由的雲捎來訊息
時代的力量正風起雲湧
慈悲溫暖心房
點燃海洋國家的未來
揚起正義號角

2016.2.29

P.30 - 31
浪靜風平 / 新北市金山區
漁船前往釣魚台集結中
右上海巡艦護衛
2015

他們唱著一首歌

他們高聲唱著台灣軍歌
在疾馳基隆的火車上
沈悶鐵道低鳴
向前向前不斷向前
迎向砲聲響起的前線
支援奮戰的弟兄

他們耳邊聽見戰鼓喧囂
在砲聲隆隆的陣地裏
艦砲臨空爆破
沾滿弟兄鮮血的軍官
咆哮號令火炮還擊
台灣軍的答覆

他們心底唱著一首情歌
在等待決戰的戰壕裏
防線已被突破
沾滿弟兄鮮血的軍官
下令全軍裝上刺刀
台灣軍的尊嚴

2016.2.27
1895 年 5 月 29 日日軍自澳底登陸進攻瑞芳，台灣守軍嚴
陣以待，兩軍激戰三晝夜。日本艦隊自 6 月 2 日起砲擊基
隆砲台，6 月 3 日海陸合擊台灣軍基隆砲陣地。台灣民主
國軍集結台北火車站，透過火車輸送支援前線。

P.30 - 31
寧靜海 / 宜蘭縣頭城鎮
2015

指揮刀

那一把高舉的指揮刀
伴隨黃虎國旗
佇立懸崖不動如山
光榮的背影

那劃破長空威武口令
點燃撼動天地
翻騰海洋熊熊砲火
不屈的宣戰

揭開那賣國求榮假面
莫忘祖先犧牲
重燃抵禦外侮火苗
莊嚴的宣誓

這方國土挺身戰鬥
重塑歷史榮光
撫慰無數受難英雄
自由的靈魂

2016.2.22
紀念 228 暨白色恐怖受難英靈，與無數這
方國土自由民主、國家尊嚴挺身作戰的英
雄。

英雄的背影

那彎下腰承載負重的背影
曾經挺直腰桿凝視死神
踩踏薛西佛斯的腳印
撼動諸神的黃昏

那背負生命奔跑的背影
與無常拔河的勇士們
奮力扛起整座山
莊嚴守護神的宿命

那往深淵探索奇蹟的背影
拾起普羅米修斯的火把
寒冬點燃美麗彩虹
遞出溫暖的手心

那朝向漫天砲火靜默行軍
曾經揹著故鄉明月
這方國土挺身戰鬥
台灣英雄的背影

2016.2.8
記一個彎腰讓獲救同胞踩過的救難隊
員，一個含淚守護孩子的年輕軍人。向
所有不放棄生命救援的救難英雄，以及
過去現在守護這方國土的英雄致敬。

P.34 - 35
雷電之夜 / 新北市新店區
2012

被遺忘的英雄史詩

玉山吟唱大地之歌
群山和鳴
溪流互通款曲
喚醒沈睡的巨人
迎向海洋國度
自由的天空

淡水河面波光粼粼
觀音的淚水
汩汩而流
撫慰受難英靈
白鷺鷥盤旋紅樹林
虔誠禮敬

百年烏雲漸漸離去
阿里山的風宣告
民主國的旗幟
重新揚起
高聲朗讀被遺忘的
英雄史詩

2015.12.21

告別異鄉的軍人

目光炯炯直視死神眼眸
肩槍挺立如劍身影
臉龐鏤刻故鄉的滄桑
緊繫鋼盔帶

尖銳刺刀寒光灼灼
偽裝網攀爬頭頂鋼盔
呼吸靜止在異國
遙遠的星空

故鄉河畔白鷺鷥飛舞
低空盤旋紅樹林
肩起沈重行軍背包
運兵艦緩緩進港

告別和歌山戀人凝視
告別南方的故鄉
航向更遙遠的太平洋
浪花送行的戰場

2016.2.25

P.38 - 39
英雄的背影 / 新北市金山區
2013

莉莉瑪蓮

枯萎紅玫瑰寫詩
讓滾落的淚水
埋葬凋零的花瓣
哀悼童年

在寂寞心房裏寫詩
看不見的芬芳
留下曼妙姿影
永恆愛戀

在夜深人靜時寫詩
看見內在星空
繽紛閃爍的星星
光明璀璨

在戰壕泥濘裏寫詩
衝鋒前的寧靜
仰望繁星的刺刀
莉莉瑪蓮

2015.2.23

翟山坑道 ／ 金門縣金城鎮 ／ 2002

花朵

那劃過故鄉原野的槍聲
擊中滿溢熱血的心房
那歷經戰陣洗禮
猛烈砲火下英勇作戰
贏得光榮印記
返鄉解甲的軍人

那劃過故鄉城市的槍聲
穿透懷抱理想的肩膀
那歷經異國統治
在學校傳道授業解惑
滿腹經綸
受人景仰的人格者

那緊促的腳步搜捕風聲
捉拿窩藏夢想的影子
那傳承文化火種
受苦心靈植入希望
不屈不撓
自由飛翔的靈魂

那籠罩的邪惡吞噬一切
扭曲慈悲善良的光
染黑雪白的雲
讓星星不再盡情閃耀
只剩下
記得一切的花朵
依然漫山遍野地綻放

2016.2.25
紀念 228 暨白色恐怖受難英靈

戒子

是誰喪失悲憫人性
以崇高理想掩飾
嗜血貪婪慾望
將靈魂抹上黑暗陰影
換取胸前勳章

烈焰隨砲火凌空而降
同袍瞬間化作
惡魔殘暴的犧牲

十六歲少年兵
扛起沉重如石裝備
隨部隊倉皇撤退
踏著搖晃大地
星夜銜枚

辭別母親眷顧眼神
縫在衣袖裏的戒子
藏著故鄉明月
溫暖遊子心房

2015.12.17
此詩以詩人向明老師口述少
年軍旅歲月原型。

民宿 80 號 ／ 連江縣北竿鄉 ／ 2007

起程吧！孩子們

聽啊！孩子們
基隆港外艦砲齊鳴
火車向前奔馳
擦亮你腰際的大刀
跟父親的父親
祖父的祖父一樣
開赴砲火響起的所在

醒來吧！孩子們
太陽的軍隊上岸了
機槍掃射街上的同胞
向田野向山裡清鄉
跟父親的父親
祖父的祖父一樣
扛起長槍反擊吧

起程吧！孩子們
太陽快下山了，今天只要
搭上飛機高鐵遊覽車
踏上祖先以熱血捍衛
創造族群融合
民主自由的新天地
返國返鄉投票吧

2016.1.10

48

束縛 ／ 桃園市大園區 ／ 2015

烈焰點燃心底太陽

寒冬以冷冽悲涼的心
凍結浪跡天涯孤獨蒼鷹
隨夢想航向光明國度的羽翼
強風鼓噪熄滅續航火苗
以冷漠拍打堅毅臉龐

翻山越嶺跨越黑水的飛行者
以無盡的愛呵護希望
繼續在心底編織美麗夢想
靜默揮舞翅膀逆勢翱翔

迎強風逆流向前飛行
吟唱開闢新天地永恆詩歌
用烈焰點燃心底太陽
持續盤旋巍峨玉山之巔

直到天空飄落湛藍絲綢
綴滿金色雲花朵朵

直到翠綠螢光渲染大地
褪去白色覆蓋悲滄

烈焰灼熱閃耀著
隱藏心底溫暖的太陽
將薪火相傳
永不熄滅

2016 年 1 月 16 日，在台灣民主國建國 120 年後，台灣人民以選票選出自己國家的總統。前一
敵愾對中國怒吼，眾志成城，用和平理性的方式政黨輪替，確立了國家主體性，以集體意志，

潔淨純真 / 新北市新店區 / 2015

天，台灣的女兒因手持國旗，被迫含淚聲明改變自己的國籍。台灣國民同仇
捍衛國家尊嚴，共同書寫這方國土可歌可泣的台灣史詩。

青鳥

青鳥棲息靜默不語的天空
溫潤仰望星星的眼眸
飛舞滿懷希望
等待黎明的心房

金色微弱的光漸漸甦醒
迴盪虛空遙遠的呼喚
飄忽不定的風
一絲遠方的掛念

雪白的雲朵連綿不盡
滿溢甜蜜記憶茉莉花香
喚醒遺忘的夢
淡淡憂傷隨風逝去

2016.2.7
向台南府城持續搜救的救難
英雄致敬。

殘破 / 台南市安平區 / 2015

天使之光

我是行腳地表的光
隱身遠離塵世喧囂國度
安養院沈默的角落
一雙慈愛的眼眸
為行過曲折人生的靈魂
披上溫柔羽衣

我是探索奇蹟的光
懸掛災難堆砌憂傷殘壁
尋找一息尚存的呼吸
一雙溫暖的眼眸
為飽受驚恐絕望的靈魂
點燃一絲希望

我是彰顯存在的光
閃爍每一個演繹生命奇蹟
一顆顆柔軟慈悲心房
一雙明亮的眼眸
為歷盡滄桑疲憊的靈魂
指引光明通道

2016.2.22

圍籬 ╱ 新北市新莊區 ╱ 2013

甦醒

如果天空失去了湛藍
讓詩意消逝蹤影
流浪這方國土
吟遊詩人不再彈奏
斷線的琴弦

如果大地失去了綠蔭
詩心不再綻放
太陽升起破曉時分
吟遊詩人靜默
沉寂的天空

如果玫瑰失去了嫣紅
澄澈的心沾滿塵埃
孩子不再嬉戲
吟遊詩人無法吟唱
大地的頌歌

從迷茫夢境慢慢甦醒
金色的光溫柔蕩漾
跟著天使的羽翼飛翔
優雅迴旋無盡的愛
神聖的殿堂

2016.2.10

56

風起雲湧 ／ 新北市新店區 ／ 2014

天佑台灣　天使的羽翼　　57

溫暖的詩篇

在寂靜無痕的月色裏
時間悄悄淡出
往事歷歷映演虛空
甜蜜與苦澀
美麗哀愁交織
如夢的旅程

遠方天使溫柔歌聲
喚醒無盡的愛
一波波泉湧生命漣漪
晶瑩如絲
飄浮雪白雲端

緊握的手漸漸鬆開
遠離顛倒夢想的靈魂
在心底哼唱
一首熟悉的旋律
溫暖的詩篇

2016.2.9

幸福交會點 / 連江縣莒光鄉 / 2008

菩薩的眼眸

菩薩的眼眸深邃無痕
望穿生命無常
慈悲心起無量無邊
穿透高牆
越過無垠時空
湛藍星海

嘹亮歌聲迎面吹拂
城裏月光灑落
幸福夜晚

透視悲歡遍覽離合
城裏月色朦朧
溫柔守護

2015.9.4

跨越高牆生命行者小偉，慈眉善
目的送行者。朗讀真摯文字串起
的書信，聆聽心靈捕手范俊逸老
師以嘹亮歌聲編織的月光。在梵
谷回憶，在想你的夜～

長廊斜照 ／ 基隆市仁愛區 ／ 2015

友善的國度

夢見一個友善國度
湛藍天空澄淨
庇護憂傷無依的靈魂
天使溫柔守候

夢見一個微笑空間
溫煦光芒環繞
心疼無辜受苦的孩子
雪白羽翼輕拂

夢見一個和平世界
正義旌旗揚起
護衛漂泊無依的心靈
金色毫光閃耀

2015.9.1

落寞 ／ 台中市西區 ／ 2014

大河之歌

川流撞擊鏗鏘低鳴
珠鏈串結
交織熱血沸騰
一顆顆閃爍夢想的星
隨音符起落
飛騰磐石之間

乒乓敲擊雷鳴戰鼓
喚醒掉落河底隱遁的劍
靜默守護這方國土
壯麗的詩篇
鏤刻戰陣激昂樂章
迴盪英雄的故鄉

2016.2.21

湍流 / 台中市和平區 / 2014

天佑台灣—天使的羽翼　　65

光榮國家的重生

薛西佛斯巍峨背影如山
震顫大地鐵甲雄師
揚起怒吼的旗幟
匯聚四面八方
推動時代的力量

銳利鷹眼震攝黑暗帝國
遍照沈沒地底鬼魅
撼動禁錮羽翼的牢籠
掃蕩沈湎心靈塵埃
釋放渾沌的光

石中劍自巨石應聲拔起
劍指蒼穹立誓
雷鳴霹靂電光石火
繁星綻放祝禱
光榮國家的重生

2016.1.14

66

流星

沒有華麗鑲金的殿堂
只願成為落日餘暉的光子
飛舞曠野的螢火
閃爍黑夜瞬間即逝
造夢的流星

沒有鑲嵌經文的墓碑
只願成為綻放大地的花朵
落葉再生的種苗
演繹生命莊嚴場景
希望的土壤

P.68 - 69
牆上的風景 ／ 台中市西區
2014

P.70 - 71
佛光 ／ 高雄縣大樹鄉
1980

沒有金箔鏤刻的名字
只願成為撫慰心靈的符號
詩人桂冠的枝葉
歌詠四季浮光掠影
浪漫的詩篇

啊！生命

2016.2.21

靜止的世界

靜止在粼光片羽的水面
寂寞的雲沉寂的光
失去斑斕色彩
目視慢慢遠航的歲月
沈默不語的燈塔

靜止在默默凝視的眼眸
逝去的青春面帶微笑
留下華麗剪影
游移戀人圓潤臉龐
守護夢想的渡船

靜止在即將升起的夜晚
雀躍的星溫柔的月
告別落日的淚珠
化作大海波光粼粼
傷心的波濤

2016.2.19

72

海堤 / 桃園市新屋區 / 2015

微笑的雲

失去雙翼的寂寞天使
日復一日持續飛行
翱翔群星飛舞的銀河系
伴彗星金色流蘇
飛向遙遠燦爛星海
心靈宇宙

迷航甜蜜愛情的輪迴
起降濃情星球
徘徊醉意春天流金歲月
婉約琴韻飄揚
玫瑰醉人的歌聲
茉莉的鄉愁

在寂寞天使佇足的窗前
請將心扉輕輕打開
讓酣睡的心擁抱似水柔情
憩息溫暖月光
消逝微風
只留下微笑的雲

2016.2.18

夏日午後 / 澎湖縣七美鄉 / 2008

金色的殿堂

當迴旋時空擦肩流轉
時間不再遊走
靈魂飄浮意識雲端
天籟自寂靜響起

青翠山谷豁然開朗
俯瞰綠蔭綿延金色殿堂
玫瑰綻放馨香禱祝
滿溢芬芳

幽微沉寂處懵然回首
剎那間住滿虛空
躡足輕踏
驚醒漫天星斗

2016.2.18

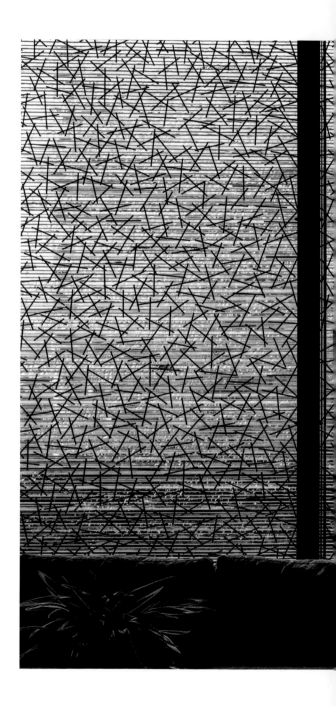

貴賓室　/　南投縣魚池鄉　/　2015

牽手

背著裝滿足跡的行囊
沿途撿拾遺忘心情
走過磚瓦堆疊流金歲月
牽手重溫前世情
褪去彩衣的淡水小鎮
靜默聆聽
細語如絲

2015.1.1

牽手 / 新北市淡水區 / 2015

父親的背影

我看見你端坐岸邊
在夜深人靜
星月無光的夜晚
靜思冥想

我看見你無懼身影
在遠離故鄉
漫天砲火的戰場
向前邁進

我看見你沈寂背影
在苦難充斥
噩夢驚醒的午夜
靜默不語

我看見你輕閉雙眼
對編織網羅
虛幻不實的謊言
充耳不聞

我看見你漸漸甦醒
在看盡繁華
如夢幻影的一生
了無罣礙

2016.2.12

天使的羽翼

不需睜開雙眼四處張望
舒展緊繃懸劍的眉心
讓那看不見的光
照亮冰冷心田

不需豎起耳朵用力聆聽
開緊閉上鎖的心扉
讓那聽不見的話語
溫暖冷漠心房

拋開橫眉豎眼劍拔張
映照心中的回音
柔情似錦光明如詩
撫慰受苦心靈

無名慈悲飄蕩濃郁芬芳
無私禱祝連綿善念
似水漣漪
穿透無垠時空

雪白羽翼輕撫疲憊臉龐
友善柔軟溫煦如絲
浸潤無盡的愛
擁抱孩子的母親

2016.2.13

自由飛翔 ／ 台南市北門區 ／ 2015

會笑的天空

天空抹一道微笑彩虹
號召沒事閑晃的雲
定期南北飛航的信天翁
停泊月球後方的飛碟
一場無聲革命悄悄展開

每一朵綻放春天的花
每一隻伸懶腰的貓
每一座解凍的山
每一顆友善慈悲的心
發出歡欣召集令
喚醒那沒了反民主課綱
呼天搶地的山頂洞人

看啊！大地自冬眠甦醒
孩子渴盼會笑的天空
一個快樂的國家

2016.1.26

註 . 某高中校長憂國憂民，擔憂延
後公佈爭議課綱，打擊已在準備的
老師，後座力難以估算。他們無視
教育的崇高價值與意義，不知國力
的強大建立在開創自由的心靈，絕
非沒有獨立思考能力，毫無探索真
相熱情的考試機器。

剝落 / 台南市安平區 / 2015

溫暖的手

總是浮現一首旋律
在心底幽暗角落迴響
總有一縷迷人馨香
在不可測的深淵
召喚遊蕩夢境的旅人

沈浸醉意迷茫的天空
任微風溫柔撫弄
看落葉飄零輕盈擺盪
隨狂風遠颺征程
行腳浩瀚繁星

推開前世記憶黑暗城門
不染塵埃的小手
隔空搖擺抓取
飄蕩盈盈笑意的戀人
深情凝視的殘影

嬉戲的雪堆積安靜的山
化作潔白冰雪精靈
吹熄熊熊烈焰
融成一條清澈溪流
奔赴守候的海

P.86 - 87
回歸大地 / 屏東縣恆春鎮
2015

寒冷的午夜笛音輕揚
飄浮雪白雲端
在懸崖峭壁邊環繞
禮敬雁群滑行落日餘暉
莊嚴的送行者

在寂靜雲端繼續飛翔
看見一對溫柔羽翼
默默領航

P.90 - 91
重建 / 新北市貢寮區
2015

穿過幽冥深淵冷峻峽谷
穿越寒冬飛雪

舞動疲憊翅膀奮力飛行
繼續孤獨的航程
直到沒入金色的光
緊握一雙
溫馨守護的手

2016.2.20

唱歌吧！在這方國土

唱歌吧！從淡水河的黃昏
太陽沈沒的所在
滬尾砲台歌聲嘹亮
藍天漸漸沈默

唱歌吧！從淡水河的黑夜
星星升起的所在
黃虎旗下戰志昂揚
青龍慢慢遠離

唱歌吧！從淡水河的黎明
曙光綻放的所在
觀音山上菩薩微笑
綠地冉冉甦醒

唱歌吧！在這方國土

2016.1.6

神轎出巡 ／ 台南市鹽水區 ／ 1991

真正偉大的力量

力量來自溫柔眼神
在人群中停車
親吻孩子的臉頰
撫慰萬千受苦心靈

力量來自鏗鏘話語
棒喝人類領袖
堅持友善生命的信念
重燃無私熱忱

力量來自慈悲勇氣
無懼強權崛起
洞悉宇宙核心價值
開心靈視窗

2015.9.28

教宗方濟各訪美搭飛雅特小轎車，行
進中停車親吻腦性痲痺的孩子，跟達
賴喇嘛一般，舉手投足溫暖所有受苦
心靈。在美國國會演說，期勉人類領
袖菁英燃起熱情，致力療癒這個飽受
創傷的世界，友善生命。

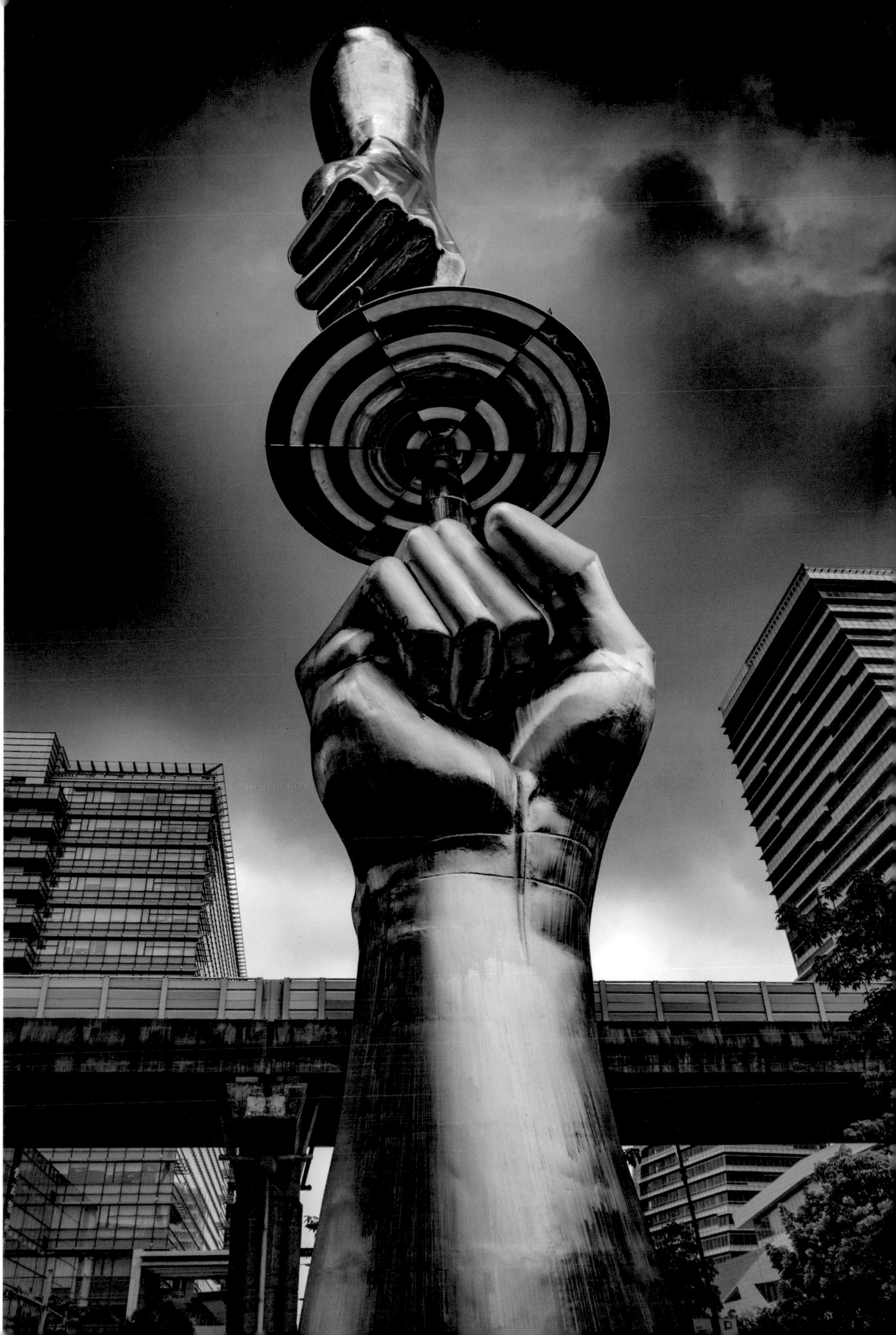

天人境界・台北市南港區・2015

作夢的天空

行走的山從不回頭
淡水河的水絕不逆流
觀音慈悲守護
沉默的月光

飛行的雲不再回顧
大肚溪的水清澈無痕
沙鹿街燈輝映
作夢的天空

飛翔的雁群絕不拋棄
飽受風霜落單的雁
靜默陪伴守候
另一次飛行

連綿的山巒心手相連
默默承受歷史滄桑
絕不放棄承載
這方國土
八方匯集的子民

2016.1.4

雲絮飄幻 / 台南市中西區 ·/ 2015

自戰壕躍起的武士

呼嘯而過的盡是翻騰砲火
戰壕裏上了刺刀的戰士
沒有選擇旗幟的自由
從依偎著懷念的土地躍起
軍人的使命而戰

呼嘯而過的盡是歷史謊言
被集體催眠扭曲的靈魂
失去記憶搖旗吶喊
以猙獰面目靠攏浮士德
暗黑勢力搭建浮橋

呼嘯而過的盡是虛幻和平
飛彈威脅下的湛藍天空
沒有血脈相連的親情
從不戰而降迷夢中甦醒
歷史典範擎天執劍

2015.8.23

守門神將 / 新北市淡水區 / 2015

飛行者

不放棄飛翔的心
舞動內在飛行的翅膀
飛越奇幻之門
翱翔另一個宇宙
靜默滑行

繁星綴飾虛空
微笑的銀河
默默守護飛行者
穿透一層層
浸潤慈悲的光

婉約歌聲迴響
自遙遠無垠天際傳來
溫柔的呼喚
那融化一切哀傷
溫暖的詩

2016.1.8

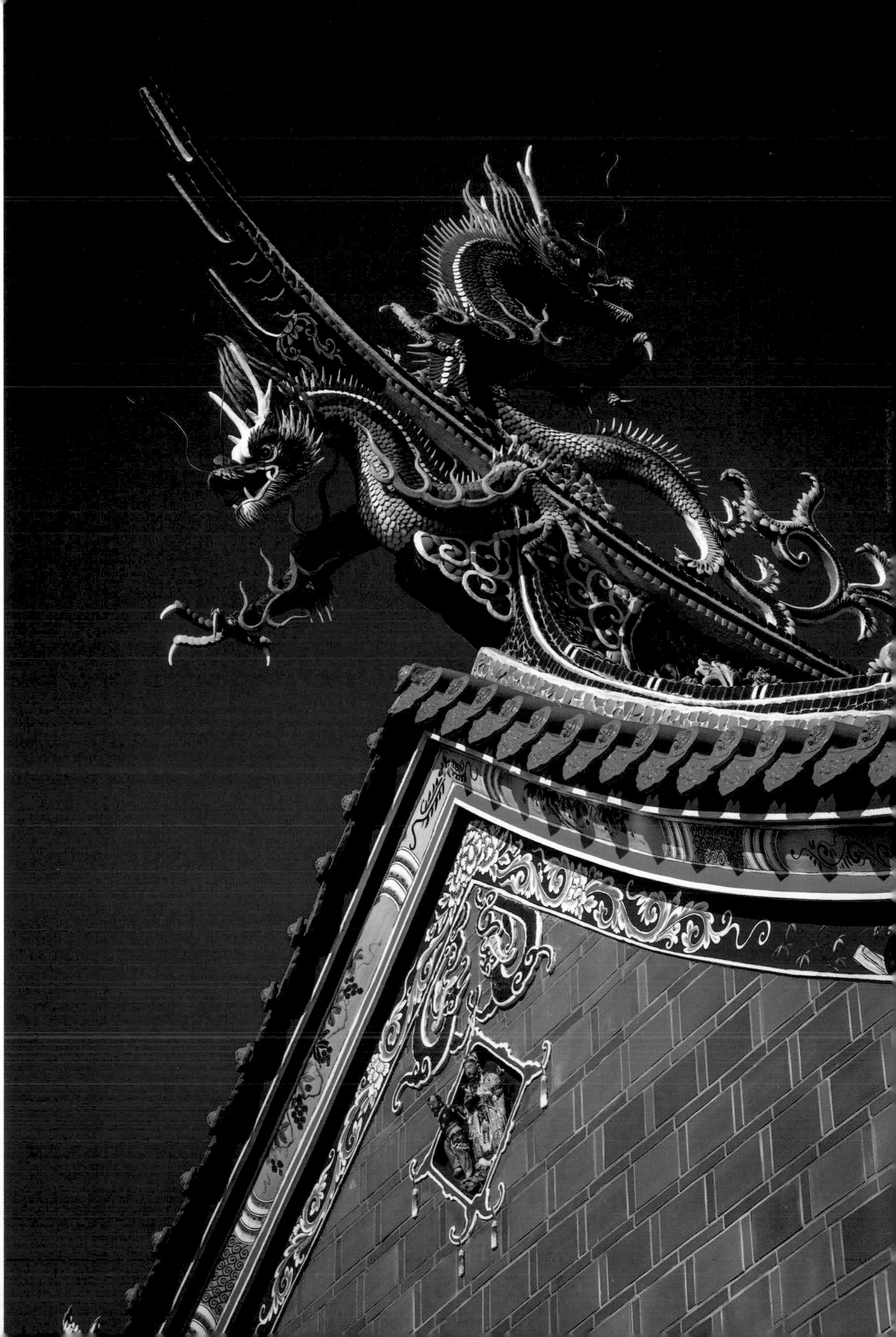

雙龍飛天・桃園市大園區・2015

曇花

意識能量匯聚如虹
化身飛舞彩蝶
悠遊青翠綠蔭大地
沐浴清朗陽光

繽紛意念如影隨行
綻放燦爛奪目的光
以溫柔婉約歌聲吟唱
流傳紙上的詩篇

遊走時光變幻的場景
流連驚鴻一瞥
如夢泡影的宇宙
豔麗曇花

2016.1.18

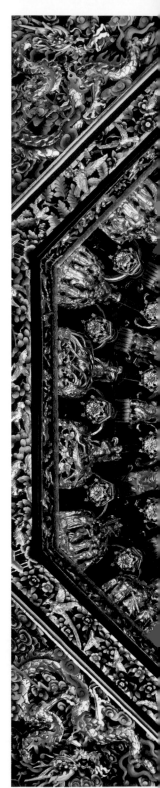

富麗堂皇・新北市林口區・2015

餘韻無窮

鈴鐺叮咚清脆叮嚀
螢火閃爍明滅
呼應遙遠星系運行
此生彼滅

低垂眼眸繁星雲集
浩瀚三千世界
宇宙生滅彈指間
曇花一現

生命浮游無垠時空
隨意識流轉
朝露優雅墜落間
餘韻無窮

2015.10.3

壇城・不丹 Rangjung・2010

108

星空之門

跨越時間綻放的火花
開星空之門
航向穿梭時空通道
浮游星海

告別昨日飛行的旅人
迎面綴滿燦爛星光
拖曳生命留白
甜蜜記憶

迷航星系銀河的行者
跨越空間迷思
在心底找到
無垠宇宙

2015.1.1

P.110 - 111
月光下 / 台南市北門區
2015

綠光武士

疾馳細雨迷濛
風聲雨聲引擎聲
濺起千堆雪
貫穿城市迴廊

拖曳橘紅焰火
穿梭星系巡航的戰艦
寂靜天籟迴盪
壯闊星雲繚繞

P.114 - 115
夜幕低垂／彰化縣芳苑鄉
2015

重裝武士奔騰大漠
揚起剽悍旌旗
風聲雷聲馬蹄聲
揮劍斬乾坤

2015.8.29

為妳讀一首情詩

在聖誕鈴噹逝去的角落
揚起雪白蝴蝶頁
為妳讀一首浪漫情詩
像風一般柔軟
像雪一樣潔白

在夜空仍看得見織女星
戀人們依依不捨
天空飄著深情雨絲
翻開彩繪思念的頁面
為你讀一首詩

在棉絮飛舞的字句裏
藏著一串串絲綢般
綿密的
深情密碼

2015.12.25

P.116 - 117
日落夜臨 / 桃園市新屋區
2015

托一束風去看你

托一束風去遠方看你
一束溫煦微笑的風
乘淡泊的雲

飛越湛藍海洋
滑翔時間的空際
閃過悲歡離合

P.120 - 121
儷影 / 桃園市新屋區
2015

只要你記得
生命交織的喜悅
用心在記憶裏尋覓

P.122 - 123
漫步林中 / 宜蘭縣羅東鎮
2014

那滿懷星光
雲端堆疊夢想的歲月

睜開心眼熱情仰望
那包容一切
漂泊詩意的天空

2016.1.31

星系間行腳

吟詠異鄉人的曲調
尋覓亙古鄉愁
遺落妳深邃眼眸
綻放的星雲

仰望塗抹夢境的天空
循繁星編織地圖
輕盈漫步
在星系間行腳

飄浮空蕩無垠的宇宙
沉醉茉莉花香
行囊裏故鄉明月
溫暖如詩

2015.12.24

曲線迴旋 / 基隆市中正區 / 2015

國家靈魂的昇華

帶著一絲光明與希望
背著幸福種苗
千哩跋涉蜿蜒成河
邁向友善國度
重建夢想新天地

光明國土的守護者
堅持人性光輝
對人子伸出溫暖臂膀
以微笑撫慰滄桑

藍色行星毫光灼灼
手握權杖的巨人
以溫柔慈悲的力量
撼動國家靈魂

2015.9.8
詩寫德國梅克爾總理

琳琅滿目 / 南投縣南投市 / 2015

一封天空的回信

昏黃燈光下鏤刻希望
以噙著淚水的字句
投向穿透高牆
自空中傳播夢想
撫觸心靈的捕手

來自天空的回信
在俊逸的夜晚
真情放送溫暖心房
漣漪在心底波動
涔涔淚光

揮別坎坷歲月告別滄桑
隨樂音翩然飄逸
輝映月色溫煦慈悲的眼眸
緊握心靈導師的手
在想你的夜

2015.8.26

紙風吹

寧靜的田野迎風而逝
記憶隨火車輕晃
拼貼童年時光的白鷺鷥
飛舞移動窗台

單調鐵軌聲反覆播放
回歸青翠原野的旋律
徜徉自在雲朵
大地溫暖的頌歌

P.130 - 131
戲水 / 桃園市大溪區
1971

揚起雪白羽翼翻滾雲端
滑行藍天的紙風吹
鬆開牽引絲線
眺望飄浮遠方的夢

2016.1.23

靜默如詩

潺潺溪水汩汩而流
輕盈音符飄蕩
微風輕拂纖柔水面
搖曳生姿

無限光燦閃爍
潔淨虛空萬象顯影
平和語音迴盪
靜默如詩

時間凝結靜止
喜悅如雨絲紛飛
似甘露懸浮
飄逸雲端

2015.10.2

相映 / 南投縣南投市 / 2006

天佑台灣—天使的羽翼　　133

喜悅重生

我已遠離塵世喧囂
像斷了線的風箏
鳥瞰人世悲歡離合
緣起緣滅

我在飄渺虛空翱翔
沈睡的靈魂猛然甦醒
不受有形軀體禁錮
喜悅重生

我看見銀河燦爛迴旋
默默飄過耳際
發出轟隆沈悶低鳴
天籟縈繞

我進入溫暖金色通道
一道豔麗彩虹
銷融一切滄桑往事
只留下滿滿的愛

2015.9.30

134

樹之異想 / 苗栗縣公館鄉 / 2009

造夢的人

在虛空畫一個圓
抹上皎潔月色
暈染一襲茉莉芬芳
浸潤青澀

在海洋圈一池浪花
鋪上溫暖陽光
孤單寂寞的靈魂
洗滌憂傷

在天空拉一道彩虹
披上落日餘暉
沈浸哀傷的人
點綴繁星

在心底築一個夢
覆蓋金黃披肩
升起一束燦爛毫光
照亮幽冥

造夢的詩人虛空行腳
將遊走惡夢的旅人
引出層層夢境
溫煦如詩

2015.12.29

空間的冥想 / 新北市鶯歌區 / 2009

星際旅行

靜止在意識的邊界
時間懸浮飄蕩
轉接異次元奇幻空間
自我意識沈默不語
靜觀澄澈影像
穿梭多元繽紛宇宙

綠色行星城市之光
輝映繁星點點
飛梭起降星系巡航
詩與音樂交織的國度
迷炫舞踏旋律
星際旅行家之歌

流連遙遠壯麗蒼穹
原野狼煙繚繞
遠離航程的靈魂眺望
心靈故鄉閃爍明滅
意識飛昇懸浮
平靜無痕的月光

2015.9.10

138

時空飛梭 ／ 桃園縣新屋鄉 ／ 2008

憂國憂民的光

光的折射穿透多元時空
平行宇宙的革命
在心的異次元揭竿而起
桀驁不馴的武士
參透死生悍然無懼
擎起心靈光劍頑強戰鬥
憂國憂民的詩人
守護疆土的捍衛戰士
吟唱詩歌的朗讀隊
唱出大地嘹亮的呼喚
喚醒沈寂黯淡角落
失去光的靈魂

2016.1.10
讀詩人游鍫良兄《光的折射》

140

出口 ／ 高雄市新興區 ／ 2011

彩虹女神

舞動斑斕蝶翼翩然而降
傳遞旖麗神秘的夢境
纖柔玉指輕揚
回眸一笑
七彩虹橋飄浮雲端
月色朦朧
星斗如花綻放

月亮的秘密包裹心中
星星託付纏綿思念
蝴蝶羽翼彩繪濃情蜜意
穿梭天上人間
輕捧情人衷心祝禱
不遠千里
飛向美夢成真
光明的聖殿

2016.2.15
IRIS 女神是希臘神話中替神與人
傳遞消息的希望之神，擁有蝴蝶羽
翼，浪漫慈悲的彩虹女神。

夜歸・新竹縣竹北市・2014

封存紙上的春天

讓美麗心靈符號
化作燦爛繁星
永遠在星空閃爍

讓生命凝煉的詩篇
化作璀璨印記
永久駐足精美詩集

讓蘊藏永恆的畫作
化作繽紛彩蝶
在精緻畫冊上飛舞

讓歲月走過的足跡
化作天邊彩虹
封存紙上的春天

2016.1.9

144

洽公途中 / 台中市西屯區 / 2015

生命之花

朝露以優雅姿勢輕躍

八又二分之一節拍

揚起欲望之翼

在空中迴旋漫舞

飄落凡塵

含情脈脈地

親吻大地

綻放生命之花

是誰彩繪流星飄逸身影

以流暢筆觸行雲

揮就令人驚豔的刷白

點綴繁星明滅

示現成住壞空

曇花一現

收藏行者的心中

2016.1.25

新站新象·新北市板橋區·2015

在夢中行走

拎著名牌提包
行色匆匆
在豔麗影像下行走
直到年華逝去

緊握名牌手機
心繫遠方
在鮮豔夢境裏行走
沉醉花樣年華

在不同城市裏行走
漂泊的靈魂
匆匆走在
同樣虛幻的夢

2015.12.18

時尚台北 ／ 台北市信義區 ／ 2014

誰的影子

飄浮煙霧彌漫的夢境
撿拾遺忘的迴響
在空中飛翔的影子
投射千變造型

獅吼的貓微笑的狗
行腳淡水河堤榕樹下
參禪論道品冬風
觀落日餘暉

行色匆匆擦身而過
走馬看花的旅人
繽紛雜沓生死流轉中
留下誰的影子

2016.1.22

樓中樓 2 ／ 台中市西屯區 ／ 2015

虛空演武

屏息凝視
穿透不可望見
深邃無垠的虛空
俾倪蒼穹

手刀迴旋
呼吸靜止間
劃開星際之門
石破天驚

轉身平移
如星系旋轉
挪移
天網之間

瞬間刺擊
貫穿時間空隙
劈開渾沌
點燃太初霹靂
燎原之火

2015.12.22

詩咖啡

品嚐來自織女星座
光年外愛心栽植
光明向度
烘焙的黑咖啡

品啜來自南極加工
快樂腳出品
企鵝寶寶
熱情的冰咖啡

品味來自詩人國度
以詩句烘焙
注入夢想彩虹
詩意微薰熱咖啡

2015.12.23
2015 年 11 月初赴向明老師處校
稿，獲親煮咖啡招待。專注詩之
永無止境，俄頃間，滿室咖啡香
醇，前往察看，鍋已見底。此乃
大師「聞香詩咖啡」，不勞杯碟，
饗宴已成。

午休時間 / 台中市西區 / 2014

覺醒的靈魂

總在幽暗巷子裏跳舞
以調皮語氣
與神對話的女孩
靜默微笑

總在人聲鼎沸時刻
聽見天使唱歌
享受喧囂中的寂寞
平靜無痕

總在砲聲響起瞬間
看見美麗倩影
舞動迎風飄揚羽翼
潔白如詩

俯視地上燎原烈火
覺醒的靈魂
悲憫生命隕落如織
潸然淚下

2015.12.30

陽光燦爛 / 台中市龍井區 / 2007

我將何往

結束這一段生命之旅
回到光燦靈魂之家
讓充滿慈愛的光
療癒此生遺憾

放下眷戀不捨的離情
我們始終一再重逢
下次看見熟悉的背影
記得喚住我

不要打擾我疲憊軀體
讓我靜靜地安息
脫去老邁軀殼
翱翔自由的天空

睜開你淚光模糊的眼
看清時間幻影
我正聆聽天使吟唱
永恆生命之歌

2015.10.7

斜影入牆 / 台南市北門區 / 2015

詩的永恆儀式

沈浸一首詩的誕生
沒入空靈寂靜
銀河星海盤旋腦際
彗星呼嘯而過
靈光乍現

意念如百花齊放
思緒行腳字裡行間
低吟淺唱
美麗符號攜手共舞
交織心靈樂章

定音鼓敲開序曲
指揮棒清揚
繁星紛飛綻放
豔麗星雲彩繪虛空
暈染塗布

笛音蕩漾環繞
天使頌歌
壯麗星海繽紛迴旋
心底深處
宇宙慢慢醒來

2015.12.28

舊村欣意 / 台北市信義區 / 2015

美麗新世界

看見綻放生命的銀河
環繞聽不見的旋律
慢慢旋轉
一場華麗的盛宴

旅人手捧一顆易碎的心
循曲折浪漫足跡
一生一世
流連無盡的旅程

徜徉午夜夢裏靜默飛行
在星系與星系之間
左顧右盼
尋找美麗新世界

2016.1.20

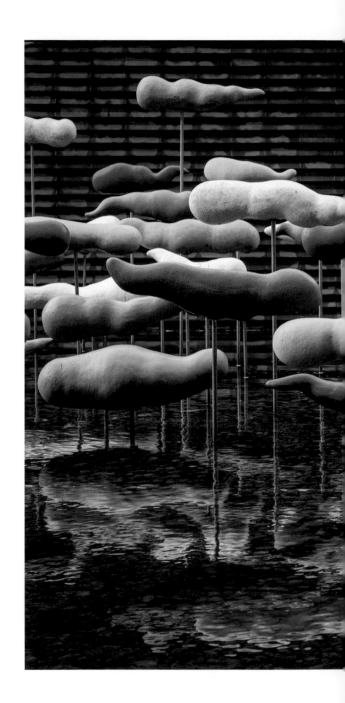

174

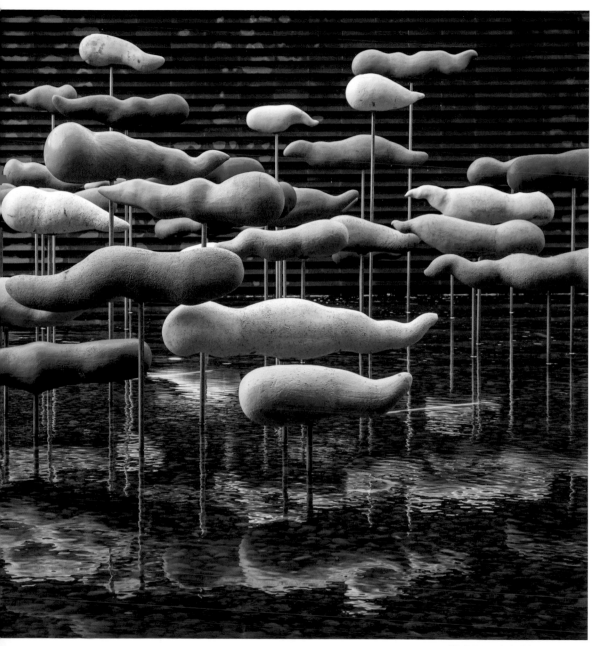

彩雲呈祥 / 新北市鶯歌區 / 2015

岩上太極

鬆緊虛實照見太極
靈光須彌乍現
盤旋星海曼陀羅

虛空穩步游移星海
內斂無極蘊藏
朗朗乾坤放光明

千里奔襲不動如山
威震八方國土
正氣凜然鎮四方

頂天立地其介如岩
虛懷上下六合
詩心禪淨無盡藏

2016.1.14
2016.1.13 聆聽笠友會名詩人岩上
老師演講「詩中太極」，武士詩心
道太極，虛懷若谷禪意濃。

大師的背影（攝影家莊明景）‧台北市中正區‧2015

快樂腳

隨詩歌朗讀揚起春風
快樂腳不停跳舞
微笑的雲撒下冰雪棉花
鋪滿一地甜蜜滋味
像戀人難捨濃情蜜意
掙脫不了的情絲

詩人的心翱翔碧海藍天
俯視當下生命奇蹟
以詩篇撫慰蒙塵受難
困在時間錯覺
讓悲愴淹沒的旅人

詩人的心穿梭時空異次元
迎接解脫的靈魂
引天籟滌淨沈涵哀傷
擁抱白天黑夜
紅玫瑰與白玫瑰

詩人的心卸除重裝甲冑
讓憂傷穿透虛妄肉身
觀照銀河波光漣漪
隨夢幻泡影
飄浮星海雲端

2016.1.19

你家就是我家 ╱ 台南市北門區 ╱ 2015

如花綻放的心

揚起心靈羽翼展翅翱翔
蕩漾詩情畫意的海洋
升起彩虹浮橋

飛越包裹夢想白色雲朵
微風吹奏悅耳笛音
化作一縷馨香

徜徉生活美學藝術空間
映照夕陽清澈波光
如花綻放的心

2015.10.15

藝術導覽 ╱ 台北市中山區 ╱ 2015

以生命譜寫莊嚴樂章

以友善的心連結世界
觀照宇宙實相
書寫故事背後的故事
演繹生之喜悅

以修行者的步履邁進
背負時空行囊
在心靈地表踽踽獨行
踩踏覺醒印記

以奇幻之旅環遊四海
掀開魔法師寶典
揚起航向銀河的風帆
窺探宇宙符碼

以赤子之心揮舞長劍
穿透光明與黑暗
歌詠萬物生命旋律
譜寫莊嚴樂章

2015.10.4

日落時刻．彰化縣芳苑鄉．2015

簡榮泰

1948

台灣省全省美展攝影類永久免審查作家
美國國際專業管理組織機構國際藝術攝影創作師
現任 / 簡榮泰影像工房總監
中國文化大學推廣教育部數位攝影學程講師、台北市政府文化
局藝術類審查委員、國立中興大學藝術中心顧問、國立中正紀
念堂管理處攝影類典藏委員、國立台灣博物館攝影類典藏委
員、國立臺灣工藝研究發展中心典藏品數位化建置審查委員、
國立台灣美術館館藏品數位化建置專案審查委員
經歷 / 全國美展、全省美展、高市美展、南瀛美展、大墩美展
等攝影類評審委員、國立台灣美術館攝影類典藏委員
獲獎 /1999 年 財團法人國家文化藝術基金會－創作獎助
1995 年 行政院新聞局金鼎獎－推薦優良圖書
1983 年 日本二科會展－寫真部獎勵賞
1976 年 第八屆全國美展攝影類第一名
電視廣告影片攝影、攝影指導、導演 35 年。影片作品獲時報
廣告獎 3 回；行政院新聞局金鐘獎 6 回；日本松下廣告賞 3 回；
法國坎城影展、美國紐約國際影展、英國倫敦國際影展、義大
利米蘭國際影展、西班牙聖羅傑國際影展、美國哥倫比亞國際
影展、亞太影展等佳作、最佳影片獎。

攝影個展

2014 年【見性雷龍】攝影個展

2009 年【凝動－灰階的微漫】

2006 年【美術・美墅】簡榮泰攝影展

2002 年【黃昏的故鄉－金門印象】簡榮泰攝影展

1999 年【虛實幻鏡－電子暗房的試驗】簡榮泰攝影展

1993 年【藍色伊甸・馬爾地夫】簡榮泰攝影展

1992 年【舊鄉・新情】簡榮泰攝影展

出版

2016 年《天佑台灣－天使的羽翼》簡榮泰 ・ 許世賢攝影詩集

2014 年《見性雷龍》簡榮泰攝影集

2009 年《凝動－灰階的微漫》簡榮泰攝影集

2002 年《黃昏的故鄉－金門印象》簡榮泰攝影集

2002 年《台灣真情－世紀交響》DVD 作品集

1997 年《台北的憂鬱》簡榮泰 ・ 陳謙攝影詩文集

1993 年《藍色伊甸・馬爾地夫》簡榮泰攝影集

1992 年《舊鄉・新情》簡榮泰攝影集

典藏 / 國立台灣藝術教育館、國立台灣美術館、文化部、

國立中興大學藝術中心、國立台南大學香雨書院

作者簡介

許世賢

1958

許世賢兼具詩人、設計家與符號藝術家身分，世界詩人運動組織 PPdM 會員，現任天將神兵創意廣告藝術總監、新世紀美學總編輯。歷任廣告公司創意總監、敦煌藝術中心經理、高球天下雜誌總編輯等職。鑽研識別符號對人類集體潛意識的影響。2014 年獲邀國立彰化生活美學館舉辦 CIS 詩意設計個展，以 CIS 與現代詩融合嶄新創作視覺詩形式，為第一位受邀國立展覽館舉辦 CIS 詩意設計個展的設計家。其心靈符號設計思想，獲跨界迴響。重要作品有國軍暨家屬扶助基金會、行政院勞委會、經濟部產業園區管理局等政府機構、財團法人 CIS 識別設計，並為眾多中小企業與上市公司規劃企業識別設計系統。其識別設計作品造型簡約，律動優美，充滿內斂能量，富饒詩意哲思。其現代詩吟詠遼闊宇宙，書寫氣勢磅礡史詩，重現戰陣壯闊場景，振奮人心；而其歌詠生命的詩篇撫慰受創心靈，宛如穿梭宇宙跨越時空而來的遊吟詩人。著有《 企業識別品牌符號的秘密 》、《 心靈符號—許世賢詩意設計展專輯 》、《 生命之歌—朗讀天空 》、《 這方國土—台灣史詩 》、《 來自織女星座的訊息—詩與書法交織的視界 》林隆達・許世賢書法詩集、《 天佑台灣—天使的羽翼 》簡榮泰・許世賢攝影詩集等書與詩集。

謹以此書向護持這方國土的行者致敬

天佑台灣
天使的羽翼

作　　者：許世賢

攝　　影：簡榮泰

美術設計：許世賢

編　　輯：許世賢

出 版 者：新世紀美學出版社

地　　址：台北市民族西路 76 巷 12 弄 10 號 1 樓

網　　站：www.dido-art.com

電　　話：02-28058657

郵政劃撥：50254486

戶　　名：天將神兵創意廣告有限公司

電　　話：02-28058657

地　　址：新北市淡水區沙崙路 25 巷 16 號 11 樓

網　　站：www.vitomagic.com

電子郵件：ad@vitomagic.com

初版日期：二〇一六年五月

定價：四八〇元

國家圖書館出版品預行編目資料

天佑臺灣：天使的羽翼 / 許世賢著；簡榮泰攝影 .--
初版 . -- 臺北市：新世紀美學，2016.05
面；　公分 --（天佑臺灣；1 ）
ISBN 978-986-88463-6-4（精裝）

855　　　　　　　　　　　　　　　　　　105003567

新世紀美學